故乡流云

柯长安 著

中国海洋大学出版社

·青岛·

图书在版编目（CIP）数据

故乡流云 / 柯长安著. — 青岛 ： 中国海洋大学出版社，2022.5
　　ISBN 978-7-5670-3154-8

　　Ⅰ．①故… Ⅱ．①柯… Ⅲ．①诗集－中国－当代 Ⅳ．①I227

中国版本图书馆 CIP 数据核字(2022)第 081822 号

GUXIANG　LIUYUN

故 乡 流 云

出版发行	中国海洋大学出版社
社　　址	青岛市香港东路23号
邮政编码	266071
出 版 人	杨立敏
网　　址	http://pub.ouc.edu.cn
电子信箱	1922305382@qq.com
订购电话	0532-82032573 　（传真）
责任编辑	陈 琦　　　　　　　　**电　话** 0898-31563611
印　　制	三河市百福春印刷有限公司
版　　次	2022年5月第1版
印　　次	2022年5月第1次印刷
成品尺寸	145 mm × 210 mm
印　　张	6.5
字　　数	175千
印　　数	1—1500
定　　价	68.00元

如发现印装质量问题，请致电 010-51452115 调换。

序 掘开生命的通道

——柯长安诗歌印象

文/郭华丽

艾略特说,优秀诗人的词语是下地狱的能力。我不能确定地说柯长安是个优秀的诗人,但通过阅读他的诗歌,我可以肯定地说:柯长安是用他分行的文字一天天、一月月、一年年地掘开自己生命的通道。

柯长安,陕西旬阳人,农民。他的诗歌侧重于表现和抒发原汁原味的乡土情怀,具有一种悲情的厚度。他所展现出来的故事,是现实主义的,从生活中那些悲伤、痛苦和欢乐中提取精彩营养成分,经诗歌语言的加工提炼,最后形成具有灵魂的诗句。他的诗没有枯燥乏味之感、飘浮感。因此,他的诗歌有了深深的怀乡情结,有了深深地扎根泥土的坚实和厚度,有了故乡的暖度和深度。他的诗既是故乡泥土奔腾出的芳香,也是诗人对故乡养育之情的感恩和最好的报答。同时,他的诗歌也是在记录和赞美乡村新时代的精神风貌。

当我们面对柯长安的诗歌时,我们看到的不是诗歌本身,而是真实的现实生活。柯长安以他悲悯的诗人情怀、敏锐的诗人眼光,准确地抓住现实生活的细部特征,用诗歌的神韵为我们描绘人间的悲喜。比如《走进长沙养老院》:"这些人我都认识/原来都是些孤寡老人/刚进来的时候,个个/面目失色,衣着不洁/现在这些老人,体态轻盈/衣着整齐,脸上挂满着色彩/嘴里哼着小调/看得出,他们过得很好。"人间的悲,在柯长安的诗歌语言里有了阳光的质感。在《一位扶贫干部》这首诗中,柯长安以诗歌叙事,以鲜活生动的乡村场景为我们重现了一位扶贫干部勤勉的身影:"这是一位扶贫干部/村间的小路知道/田间的禾苗知道/牛

羊也知道/山风沟溪知道/知道他是我们的一位扶贫干部//风吹过他/雨淋过他/庄稼见过他/村前的小路留下他/身影，串串足迹……"如果每一个字都是一面镜子，那么我们能从柯长安镜子一样的诗歌里看见他的心性，那就是对生活的感恩和鸣谢，对个人命运的释然和达观。

柯长安说他的诗歌是生他养他的一片乡土养大的。的确如此，乡村，是他诗歌建构的原初地。旬阳棕溪镇王院村的阳光山水草木庄稼滋养了柯长安，也给了柯长安诗歌光辉的精神指向。他生在农村，长在农村，在盛年时曾漂泊异乡务工，对故乡有着深情厚意，所以他的诗歌里才会有不同于常人的独特视角。《我说我要回家》是一个长期漂泊在外的汉子对亲人的思念，对故土的眷恋："长年漂泊流浪/每时每刻都在思念家/汉江，陕南/那里有一座村庄/就是生我养我的地方//我说我要回家/家里有我亲手栽的果树/现已挂果正在旺长/还有和我一起生长的草木牛羊/正在春天里感受阳光……//想回家，不想在外跑/时间岁月让我变苍老/抱着孩子唱歌和微笑/投进妻子的怀里直到天荒地老/让日子像蜜一样甜蜜美好。"这些带着温度的诗句，是他在漂泊中对故乡亲人的想望和思念，温暖着他亦温暖着他的亲人。

柯长安在外打工时，也写下大量的打工诗歌，广泛在打工人群中传播，深受打工者的喜爱。2017年旬阳县（今旬阳市）文化馆曾将他的组诗《守望》拍摄成视频，代表旬阳参加了陕西省文化厅举办的全省农民工诗歌朗诵会，获得了好评，观众无数次鼓掌欢呼，也有很多人被诗歌内容感动得流泪。这是因为他的诗歌所触及的事件，是所有人关注的切入点，能引起共鸣。后来县电视局卢平将其中反映留守儿童的一首诗制作成微视频在网上传播，不到几天的时间点击量达几十万，产生了一定影响。柯长安的诗往往使用最简单、最朴实的乡土语言，让人看了就明白、就懂。这说明柯长安的诗歌是有情感在里面的，是有动人的故事在诗里，有浓厚的生活感，有底层的味道和温度，有时代的脉搏在跳动和飞扬。

柯长安，一个有着坎坷、痛痒故事的农民，他一只手抓生活，而另一只手在努力去写诗，写乡土乡情，写对生活的感受，写对这个美好时代的赞美和歌唱，写生活中的一些痛痒和苦难，写生命的伟岸坚强，写善良圣洁的存在，写生的意义被高贵和永恒托起，写出了人性的光芒。

柯长安的诗歌，从狭窄的个人观念和个人情绪里走出来了，他的诗歌带给我们的是一种信任感和支撑生活的韧性与力度。我更愿意相信诗歌之于柯长安，是呼吸顺畅的一口气，日渐开掘出他生命的通道。

作者简介：郭华丽，女，70后，大学本科学历，陕西省渭南市华州区人，中国作家协会会员，陕西旬阳文联副主席，《旬阳文艺》双月刊执行主编。作品散见于《散文选刊》《延河》《陕西工人报》《榆林日报》《陕西文学界》《安康日报》等。公开出版散文作品集《草木本心》《诗意流年》《只如初见》。

目录

第一辑 乡情

第二辑　风情

第三辑　亲情

第四辑　哲思

第一辑

乡情

棕溪，我的故乡
我要为你弹奏
我要为你吟咏
我要为你放声歌唱

棕溪，我的故乡

棕溪，我的故乡
小时候我背着书包
扛着柴火
还有一星期的干粮
从小溪穿来串去
多少回，多少次
我已记不清
也在慢慢淡忘

棕溪，我的故乡
连绵起伏的大山
一层一浪
有多少植被
有多少矿藏
牛羊奔跑在云朵上
花儿听着鸟儿歌唱

棕溪，我的故乡
巴山是你的肩膀
山川坡地是你的胸膛
蚕桑、庄稼、烤烟
是支撑你经济的血浆
腾飞的翅膀

棕溪，我的故乡
那些茅屋草舍
已成记忆
抬高的河堤
宽敞的街道
林立的楼房
宜居的环境
是棕溪人创造的奇迹
是他人学习的榜样

棕溪，我的故乡
我要为你弹奏
我要为你吟咏
我要为你放声歌唱

棕溪沟

棕溪沟或棕溪口
都称作棕溪
不过，那只是个叫法
因人而异。站在
沟溪中间，伸出双臂
就能摸着两岸的植被
那些树叶在风中摇晃
就能流成一溪的露水
汇成汉江的美丽

棕溪沟，住在汉江边
那个新的集镇，移民小区
林立的楼房，宽敞的街道，还有
散步健身的广场，以及
南来北往的车辆，川流不息
我的眼睛靠在行道树上
叽叽的鸟儿在空中展飞

放眼望去，两岸的山地
奔跑的牛羊，还有
核桃、柿子、拐枣
正挂满着果实
随风飘香
水泥公路进村入户

如一条长蛇盘延弯曲
还有一处新建的村落
那么美丽漂亮

陈分新（一）

你是山沟里的一条汉
肩挑一沟二坡重担
用激情将山沟神经激活
如阳光灿烂了旯旮岭院
你将自己每一滴心血用来浇灌
沟里枯黄的庄稼与贫穷的灵感
你总把自己的事搁在一边，别人的事放在先
残疾的妻子一人在家用尽了水吃完了面
只好烧红苕，炒玉米花当饭
你说欠妻子太多太多想补没时间
这不又一个村民在外打工受了伤残
你为他讨回血汗钱奔走了几十天
连阴雨下的麦子发芽而烂
你探视着村野，幸好村民麦子已收完
心里那块悬着的石头总算落地
可村里还有好多事情正等着你去运转

长在土壤里的岁月

每一片土地，在王院
被村民编织出
或在春天播下希望
光阴流转，拔节出
晨光

父亲在经年岁月里
播下种子，如写下的文字
汗水浇灌，阳光扶起
在黄土、黑土里
植入希望，梦想
在季节中轮回
演绎凡尘往昔

我们每一个人都在战斗

这是一场没有枪炮没有硝烟的战役
武汉封城，打响了包围总战
把它困在这里，不再向外扩散
全国各地全面展开了阻击战
围追堵截
让病毒无处可去，无路可逃
让它饿死、困死、闷死

大街小巷，农村乡野
都静下来，都戴上了口罩
都是静谧敞亮
街道少有人迹
大地安详宁静
我看到了自然本来的样子

人们都宅在家里
有人说这就是在战斗
这就是在为国家做贡献
我在朋友圈看到邻居发的信息
说疫情期他们的婚庆停办
丧事从简
不聚餐，不串门
发个信息拜个年
我想这就是在战斗

这就是在贡献

我们都希望疫情早点过去
希望春天早些来临
希望每一处城市和乡村
都流溢春天的芬芳
还回人间原来的七彩和诗意

用口罩播种春天

在这个春节，口罩是我们共同的装饰
让嘴巴的行动，得到防护
在微信里，在抖音上
我看到所有人都戴上了口罩
医护人员的防护服、护目镜
手套，这个春节一下全副武装
将病毒击得粉碎

用口罩播种信心
播种希望
为一座城，为一条江
播下祈愿

用口罩防护过的春节
一定会绽放出灿烂的春天

一位扶贫干部

这是一位扶贫干部
村间的小路知道
田里的禾苗知道
牛羊也知道
山风沟溪知道
知道他是我们的一位扶贫干部

风吹过他
雨淋过他
庄稼见过他
村前的小路留下他
身影，串串足迹

他把根植进了土壤
把心交给人民
把汗水洒在脱贫路上
还有整个山乡
贫困户的冷暖，还有发展
时时刻刻挂在他心坎

走进长沙养老院

在长沙的沟道里有座院落
住着一群老人，他们无儿无女
无依无靠
在这里集中安度晚年
在工作人员的精心照顾下
一日三餐

这些人我都认识
原来都是些孤寡老人
刚进来的时候，个个
面目失色，衣着不洁
现在这些老人，体态轻盈
衣着整齐，脸上挂满着色彩
嘴里哼着小调
看得出，他们过得很好

这些老人，没有多少文化
脑海里没有文字和语法
他们叙述的方式，对社会
只有写在脸上的微笑，和
翘起的大拇指

皮影戏

一位罗氏姓的农家汉
放下锄头，撑起刀刻的影子
在幕后挥手豪放
那声声道情，随着汉水漂向远方
被一阵风吹向古都西安
走进了外国语学院，一群大学生
围着，看得入迷。那个有眼光的人
把它注册成非物质文化遗产

罗隆军总是忙里偷闲，于
婚丧嫁娶上，田间地头上
村庄院落中，节日庆典中
撑起屏幕，吹拉弹唱，舞动着皮影
一声声道情，一曲曲二黄
飘荡在乡间，观众的耳旁
时不时惊起掌声

记得，那一年
我写了个剧本，罗师拿去演
在棕溪，上旬阳，到安康
一路演过了西安
获了奖，荣誉框里堆满

养蜂人

有一个井家的汉子，已经失踪多天
最后看到他的人说：已经进山
那里森林密集，没有人烟
野花飘香成世外桃源
他偷偷地搭建百处营房，招兵买马
引来百万雄师驻扎
组建成一支神秘的部队
对着野花恋爱、开战
生产一种精美武器——"糖衣炮弹"
射向贫困线

陈分新（二）

他，一位农村支书，二十多年
时间不长也不算短
一步步走来，有些辛苦、艰难
从一个青丝黑发的青年，步入中年
村上的千斤重担，压得他也有些弯腰
头发也变得稀少，额上的皱纹也已布满

在他脑子里装的，全是村民的冷暖
产业发展。烤烟、林果、黄花
畜牧，还有油用牡丹
合作社，他决不放下，一定要抓起来
他胸有成竹。村上的发展蓝图
在他脑子里已构就。烤烟园区
牡丹园区、拐枣园区、黄花园区，还有
电讯、光伏，这些事件
从他的嘴里出来，已不再遥远

站在荣誉室里，那一张张照片
让我看到了他耀眼的过去
也看到了他灿烂的明天

一群古时的风在王院住下了

一群古风，在王院住下了
这是先头部队，还有
正在集结，或者
在中途，正在追赶
已经掉队了的
那些意志薄弱者
后面新民风列车已经开过来
搜寻那些掉了队的风，上车

这些古代的民风
孝星，志士人物
在村部院墙上落户，居住
成为王院人心中的偶像，榜样
有好多灵魂得到了武装

于是，王院村风面貌改变
村民团结互爱
勤善、孝道、守信、守法
于是，国字号的桂冠落在了王院
全国文明村、全国基层组织先进村
全国劳模、全国十佳孝星少年
全国人大代表、党代表
这些都成为我笔下的诗句
构成王院的今天

辉煌灿烂的风光风景

还有二楼上的家风家训馆
陈氏的守信
马氏的孝道
徐氏的勤善
柯氏的重教
这些古时的风，或者
传统，正在王院
发芽、扎根、生长
开花、结果
就像种下的庄稼有了丰收的希望

有个村子叫王院

人还是那些
地还是那一亩三分田
领头还是个当年的青年

只不过人变精神了
土地被建成了几大园区
那个青年，已
白毛发稀

那个远嫁到此的姑娘
已扎根落户
在田里、园区里旺长
被村民寄予厚望的油用牡丹

在故乡秋天里回家

秋天，我刚好路过故乡
金黄的光芒里，村庄
我没有站立的姿势
弯腰，抓住五谷
就如抓住了父亲淌下的汗水
颗粒归仓，是我唯一的选择

我知道一些事物正在出发
走红，在秋天的村庄上
如坐在树上的柿子，还有
枝头上的叶子，都红着脸
从峪底漫上山尖

我走在故乡的村庄上
看到草木在回家
在向我们走近，靠拢
走进庭院，走进生活
我也看见新鲜的空气，还有
新鲜的五谷，他们都在回家

在一座村庄上看雪落的样子

从一朵雪开始
到一大片，一大群雪花旋舞里
看到了村庄光阴旖旎的流转
还有过往人的苍白的容颜
从一场飞雪里，看到了轮回
看到了世间万物退去与分娩声
撕破萧条点燃繁衍

来自天界这么多的花朵
温柔地落在这个村的
房顶、院坝、田园、树枝及花草
温柔着村庄的一切
让他们休息，像母亲给孩子盖上了棉被
听不见呻吟的痕迹
仅存的温暖
在为一座村庄过去赎罪

从一间土木瓦屋里凝视
看到了蝴蝶飞舞的喜悦
还有来自上界的光辉闪烁
从一棵树枝的战栗中心疼
从一曲温柔的歌声中
我们的呼吸从灵魂深处出发

进　村

我的目光，在一村庄落下
就如一只蜜蜂、蝴蝶，对着花
展翅、歌唱。一群孩子
在村部学校欢呼、雀跃

一条条弯曲盘旋的村道
如长蛇扭曲拐弯，进山
一抬头，就看见村庄的炊烟
一探望，秋天就来了

满村的金黄
一地的诗行
我用眼睛收录
用文字写成诗章

那些风在季节里游走的样子
摇晃在我笔下
就如庄稼，最后
都被父亲的镰刀收割

鸟儿与村庄

露水从叶片滑落，却把
太阳弹升于山头
鸟儿从草丛里飞出，把露水叼起
翱翔在村庄上，一声鸟语
唤醒了炊烟，一股股弥漫
张扬着村庄的早晨

那个傍晚，一群牛羊
忘了回家的路
经村庄上的鸟儿把筑巢的枯枝
遗落在村庄前，一节节
铺展着一条条弯曲的回家路

养蚕姑娘

山里的姑娘
勤劳又善良
最爱把蚕来务养
手握着蚕种
构想出生活的梦幻

用你温柔的激情
把蚕粒系在身上
暖出一片涌动的汪洋
将身心的绿叶
挥洒在蚕床上
滋润出一片生机盎然的景象

你那流淌的汗滴
如同蚕吃叶的声响
那蚕娃吐出的丝丝银线
就是你最大的愿望
那洁白如雪的蚕茧
就是埋在你心里的诺言

乡村牛羊

在这个村院
我们看见
山村的牛羊
住在村旁木屋里面
举目看不见往日牛羊遍地满山
若是想拍一幅牧归图片
需人为地进行导演

小麦秸秆，玉米叶片
以及坡上的杂草，割了晒干
在粉碎机的口中咬成细面
成为牛羊的主食
一日三餐
育得膘肥体壮
留下了秀水青山

记忆村庄

爷爷的烟袋，挂在
脖子上，比我个头还高
装一锅烟丝，我用火给点燃
爷爷吸烟的时候，一熄一闪

奶奶背着书包送我上学，那个早晨
行在羊肠小道，奶奶的小脚
走路的姿势，一摇一晃
让我担心好长好长
那声嘱我好好念书，至今
还在山谷里回荡

傍晚，奶奶唤我回归
一声声，由近到远
牛羊喘气声和脚蹄声
串进了夜色里
弄得这个夜晚这么不安静

乡村公路

条条弯曲的羊肠小道
像把张开的弓箭
把山民的希望射得好远
于是　我的诗也注视乡村变迁
想把时代的韵味融进里面

经过了多少年
锤打手爬
融合着山民的血与汗
铺成了入村的公路面
当汽笛第一次长鸣在山村
如声声呼唤
把山村唤醒在阳光下面
寂寞的山村有了动脉血管
激情的车轮碾碎了贫穷与愚昧
肩扛背驮的山民被卸下重担
搁进山民记忆里　诉说当年

现在山民所需的生产生活物资
正源源不断运进村里
交到山民的手里
山民手里的山货土特产
装满的车辆
正运往城里的连锁店

保证卖个好价钱

山村的姑娘不再围着锅台转
为一家人的一日三餐
油盐酱醋
而愁眉不展
也能坐在出村的车上
走南闯北　寻求发展

乡村容颜

前些年　乡村的容颜
被愁云笼罩在里面
集资摆摊乱罚款
把乡民口袋里的银子掏干
无奈之下杀鸡取蛋
大批森林砍伐烧成木炭
山体如一条赤裸的大汉
夏日晒得黝黑
冬天冷得只打寒战

也许是风水流转
中央开始减轻农民负担
乡民肩上的重负卸下了许多
脸上已显阴转晴天
退耕还林
也让赤裸的大汉有了绿衫

现在的乡村容颜
让我们走进去看看
实施的贫困户偏远户搬迁
集中住在一个村院
成为新村建设的一道亮点
他们用上了
城里人用的冰箱和彩电

城乡差距正在缩小

我没有理由不信
乡村容颜明天会更灿烂

我看见农夫微笑的双脸

金鸡的歌声还没有唱完
奔腾狂欢的狗群已经走来
2006 年的第一缕曙光即将升起
田野的农夫微笑着双脸
去迎接新的一天

回首 2005 年
没有看见农民阴沉的双脸
农业税减免
肩上的负荷卸下了很多很多
撒在土地上的种子
回收的果子，沉沉甸甸
堆满了粮仓，渗透了心田
退耕还林
已让荒芜的土地绿荫连片
山顶上新修的手机塔
将乡村与外面紧紧相连
盘曲的公路进村入院
栋栋新建的楼房辉煌灿烂

在田间地头，我又看见
一个农民微笑的双脸
注视着绿油油的麦苗
正在拔节，旺长
明年又是一个丰收年

万立春

村里还有好多事正等你去运转
乡村的路有多远你步子量了几十年
哪儿住的姓啥叫啥有啥困难
你的脑海装着笔记本密密麻麻记满
于是你的脚步在乡道上开足马达
黑布鞋穿透了底
中山装洗得发白，补丁缀满
黄挎包上"为人民服务"字迹清楚可见
里面装着你为人的宗旨，释放出你行动的指南
于是你日夜奔劳疲惫了身心
来不及住院就闭上了双眼
全乡人民流泪的呼唤
竟挽留不住你，叫不醒你
你虽然离我们而去
但我们清楚地看见
羊肠小道上你还在行走
田间地头还有你的身形

白　柳

我们的眼睛
随山川河流　漫移
如竹子树林
是楼房林立列队
像整齐划一的军队
在让我们前去检阅
这就是白柳集镇

白柳　有段往昔
已存放在记忆里
农舍　炊烟　牛羊鸡犬
还有玉米　小麦　狗娃草
以及坎边　沟壑
都长起了楼房工厂
延伸着宽敞的街道
穿行着车辆　还有
一列火车从这里
鸣叫着奔向远方

现在那对情人不用在柳树下
谈情说爱
而今走进歌舞厅　咖啡馆
耕地的农夫
成了工人和店员

围着锅台转的农妇
开起了农家乐餐馆
做起了生意当起了老板

走进了白柳
就走进了北站
我们从白柳出发
乘载着旬阳人的梦想和期盼

郭秀明

你用医生号脉的手指
将这个村的命运把握
拿出了治穷治本的方案
修路拉电，植树造林绿化荒山
当飞机从你村上空飞过
发现这里还有一片绿色蓝天
从此你的名字被上级发现
此时你已积劳成疾，身患癌晚
村民挤进你的病房，流泪
多么想为你分担
你上路的那天，村民排队在你灵前
那个曾经被你免去医疗费的老汉
捧着你的遗像，跪着缓缓向前
哭着呼唤，一定为你修碑纪念

陈分新归来

在这个山沟里，今天
过年一样热闹
大家都早早聚在村部院落
十九大代表，陈分新的归来
山外的风就如先头部队
已经进村驻扎，村民昨晚就已感觉到
在这冬天是那么暖和
就如习总书记的报告，言语
句句吹暖着山民的心窝

会议室里的标语，和
陈分新的宣讲
是那么清晰、明白
让村民个个心里火热

那些报告的名词，或者精神
在陈分新的嘴里变成土语
农事、新型合作社、园区，以及
生态农业、扶贫搬迁
让每一位老人听得入迷
面带微笑，合不拢嘴来

第二辑

风情

翻开这些草木
看到开花的样子
我眼睛是亮的舒服的
心里一点都不痛

风

也不知道这风啥时候起的身
脚步停留于村庄院落，还有
人心。那些不安分的人，为风献身
之后，名声扫地

不如那位中年妇女，男人在外
她把风握在手上，说啥都不放
院墙让她弄得牢靠结实
外面的风说啥也攻不进去
里面的风说啥也逃脱不了
外面的风声再大，骚扰
心口封闭
决不放手让风逃离

村头那棵老树上，刚露出新枝
在那张望，不安分
想出出风头，一伸出
就被一股风刮断，弄个
粉身碎骨

岁月让我们无法猜透
有多次风云变幻，在大地
可不变的是坚守
是方言、风俗、习惯
还有我们祖传的家风

看到故乡的草木开花

今天，我不和你说别的
就说说我的故乡，那些
会笑的会动的会唱的
草木开花

这些草木的心思和理想
都在故乡的山坡上
把自己编织成服装
套在了故乡的身上

翻开这些草木
看到开花的样子
我眼睛是亮的舒服的
心里一点都不痛

冬天里扛着一片红

冬天的火焰，烤着冷落的叶子
就如一位姑娘，身着的衣裳
绿绿红红，随风
翻滚，如海潮，浓墨重彩
把山野点燃，如火一样红

这些红，是潮水，是浪潮
一波一浪，翻滚，排山倒海
从前山到后山
从山上到山下
义无反顾，坚定不移
从一枚枚叶子开始
涂抹，那些黄，那些红
整个冬天被点燃，火热、火红

早上，那些红，跟着太阳走
从山尖慢慢走哇走哇
走一步都留下一串一串足迹
一直从西山到东边
都跑遍。那些红都留下了
还有夕阳，烧上了天
火红的色彩地连天

在冬天，我听见
每一个枝头下，涌动的声音
还有那位农夫站在树下
红叶映红了他的容颜

站在叶子上感受春光

我站在叶子上的那刻
寒气已经远走
脚踏在暖流上　感觉
升起的温度如火车奔跑
股股通向地面　枝头

春光把我钩起
心里滋生着暖意
风拽我的思绪　还有
我的目光　情感被诱惑
成一片绿色
一场风月花事

站在叶子上
我离春很近
春的脚步
和大地的松动
草木拔节的声音　我听得仔细
以及草木挺起的头
伸出的臂膀　随风
舞一片绿　一片红
铺天盖地的水彩
露在我的目光中
成为一道不错的风景

春到山沟沟里

在这山沟沟里
一场春天的事　正在汇聚
我的目光正在注视　这
隆重的直播现场

沟溪的水已经肥胖
沿着溪涧的轨道　行走
川流不息
一路欢歌
把春天的号角唱响
去了南方过冬的鸟儿已经听见
正在陆续回归　刹那间
天空那种寂静被鸟儿划破
山坡上的牛羊自由嚼着嫩草
一群麻雀叽叽喳喳欢快飞舞
好像在猜测燕子们的归期

村民坐在屋檐下　或走向田间
互相畅谈　谋划一年的发展
从春天开始　那些
蜜蜂成群结队飞向田野
盛开的花儿正迎风招展
不停地向它们点头
露出灿烂的笑脸

春风拂动　万物复苏
太阳更明媚更灿烂更温暖
我们美好的日子　正
从这个初春大大方方
走来　灿然
在我们生活里

在新时代的春光里

我藏在一棵树的枝头下
悄悄倾听
一片新绿走来的声音　还有
一只小鸟踏在春光上飞翔
一朵花儿说　我赶紧怒放
好让蜜蜂采集甜蜜生活糖浆
那声音好甜好脆
是从新时代的春光里传递
笑眯眯的样子　让人
灿然　喜悦　沉醉

云朵把太阳擦亮
背阴坡的寒冷无处躲藏
已被新时代春光照耀
温暖着　花草飘香
岁月中的雾霾已经尘封
我感觉到我已身处在春暖花开
轻嗅这新时代的一缕清香

我多么想在这新时代的春光里
化作一粒种子　发芽
长成一棵树

田里的油菜花正开
麦子正在拔节
丰收的景象
正在春光中继往开来

安康茶是一首歌

我和风，我和雨
还有春光，一起
去旅游，去游山玩水
到安康去，到紫阳去，到平利去
在清明这天
进茶园，我看见
采茶姑娘的身姿
还有，满山架岭
涌动着动词、形容词、名词
我用手轻轻抓住
原来是安康盛产的一枚茶叶

在这景色盎然的春天
我站在安康，具体点
紫阳的某个山坡上，或
山梁上
手握一具茶杯
将一枚嫩茶采摘
舀一壶汉水浸泡
看茶在杯中舞动，随后
我便将这满山遍野的春色
一口喝进

清明的一枚嫩茶
其实就是一首山歌
奶奶唱，妈妈唱
姑姑唱，姨姨唱
爱人唱，姐妹唱
现在女儿也唱
从紫阳唱响安康
唱响神州大地

玉 米

春天，父亲将这些玉米
像棋子一样，布置在田地里
就如夜空里的星星密布，在天地间

那一刻起，风没停过
一个劲地吹，煽风点火
在父亲耳边，想动摇军心
风起风落
父亲没有动摇过
秋天的脚步刚一跨进
他就一把抓，将了一军
吓得这些玉米，衣服都撕碎
露出金黄一地

父亲靠坚守、勤劳
赢得了季节
赢得了岁月
赢得了灿烂的生活

秋风吹

秋风吹
秋风吹
吹得玉米
黄灿灿
吹得辣椒
红彤彤
吹得叶子
红满了山
吹熟了果子
挂树梢
吹得父亲
笑弯了腰

雪落之后的村庄

一个村庄，在雪落之后
房屋是白的，树木是白的
大地也是白的
飞舞的蝴蝶是白的，在这个冬季
飞过村庄的空间，就像白色的野花盛开
那种繁忙，还有飘香
那些前世的浮尘，一声不响地陈铺

这个村庄就这样热烈、欢腾
一种盛世景象
注定要迎接一个春的到来
我已看到草木在出发
土地在松动
一种暖在涌流
很快闻到花香，听到了鸟语

我忽然明白，从雪的飘落中
听到一种嘶哑声，听到
新生的脚步声在走来
从土壤中，从植物根部
开始出发
一个村庄的成色
在雪花飘落之后
绿成春天

神仙洞

大巴山腹地
有一处喀斯特地带
盛产溶洞
已经发现洞穴无数
果实累累
组成一道旅游美景
溶洞群观

有好多传说
就像风言蜚语
正从洞穴里飘出
传向四面八方
如同一种气流
神奇古怪
不可止住
在我记忆里游走回荡
不知哪些天神
在洞里开会居住
至今还是谜
我只知道
二郎神手持兵器在洞门站岗
孙大圣把前哨放在大圣庙前
保证天神聚会安全

我也几度进入洞内探险
就如进入地的心脏和肠胃
那么的婉转回肠
石狮子、鸡上架、瓦胡口
秧田河、莲花垴……
飞来串去的蝙蝠
将这寂静的洞穴，弄得响亮
手持的矿灯也变得灰暗
让人有些心惊肉跳、不敢前往

现在，公路、高压电
还有高楼、旅馆
农家乐，都已来到了洞前
正等待游客

歪头山

多少次，我
站在你的脚下
仰望或沉思
那些风吹草动的故事
在记忆里流失，而后
长成千年古柏，成为
眼前的风景和一山的植被
还有那些动物，如
草鹿、野兔、野猪
总在眼中晃动
还有一朵朵花儿，一群群鸟儿
在手中放飞
构成了一山的花香鸟语

歪头山
我曾多少次
蹬踏在你的身上
看见了真武祖师留下的足迹
以及二郎担山赶太阳
还有悟空的定海神针
这些神话般的传说
至今，还在山风中飘荡

歪头山
还有多少个溶洞群
地下暗河
组成的风景
让人神往
至今

芍药花开

陕南镇安芍药谷
两千亩芍药，花开荼蘼
一片花海。阵阵花香
高过北羊山，五月的蓝天
和白云。远在巴山的我
也迷醉在花香里

一个诗人，在芍药谷里
种药草、种人生
也种诗情画意。只要山风
轻轻一吹，如诗如画的岁月
就在花谷里，摇曳生姿

羊山有个传说

羊山哟，羊山
你就在我们家门前
有多少个故事
就有多少个传说
爷爷、奶奶口头传留的古经
如粗茶淡饭
一日三餐
让后人细嚼慢咽

说秦岭山里有位仙道
放了一群羊
跑了一只
来到了这一块风水宝地
将头一转
屁股放在了湖北
那个地方叫羊尾
头伸在了陕西
那座山便叫羊山

那位仙道沿着一条河
来到汉江边
寻找这只羊
这条河叫旬河
这个县就叫旬阳

羊山很完美

我在字词里游走寻找
可始终没有找到
一个恰当的词语
能把你美丽的景色来描绘

当我站在你面前的时候
大地、天空、山川、河流
还有那些村庄院落
居在这的勤劳朴实的山里人
以及那飘飞舞动的山雾
原来这就是最好的词汇
已把它描绘

不用我过多地解释
不用我过多地宣讲
构元，羊山
一切都很完美

美食羊山

在羊山，我饥饿的双眼
得到了美食
不再饥饿
八里川、一线天、铁锁洞
东宝塔、蛮王寨、大草甸
一道一道的美景端上
何止八大件、十二道
我的眼睛一次次饱食
这些自然的美味景色

还有那山野里的野菜
岩上的蒜
树上的椿头
河里的鱼虾
墙上挂的腊肉
地上挖出的土豆
就能在农家乐餐馆里享受
这是纯天然食品
给你的口福

秋　天

柿子正在张灯结彩
秋天的超市已经开业
镰刀舞动着表演
笑红了辣椒
还有怀里的玉米
以及蹦跳出来的红薯

这一切都是冬天的眠梦
春天的细语
夏天的暴晒与淋雨
构成了秋天的诗句

冬天山村的阳光

那条曲径的山村小道
把阳光的脚步引进
村庄的每一个角落
田里的麦苗嫩嫩地健长
叶片上那颗晶莹的露水
在阳光的照耀下如夜明珠闪闪发亮
一群小学生背着书包迎着朝阳
一路走来一路唱
融进了琅琅读书的学堂

山村的冬光
飘落在雪花之上
悄悄被枯枝收藏
做起了春天的美梦

冬 天

犁铧在墙角里瞌睡
泥土冻得松软
一阵寒风吹落一片叶子
又一阵风　吹来了风景
飘扬的雪花　盖着大地　枯枝也被镶嵌
不要去打扰让他们睡眠
哪怕太阳出来也不要睁眼

请不要担心那些种子
已被蚂蚁藏在了洞穴

冬天里围着太阳取暖
烤不化的情结
以及我磨了茧的心
藏在石板下的种子
伸张着身子　走出来
不小心踩响了春天的序曲

冬天里的花朵

在这个冬天里
一切都被包裹　以及精神
飘扬的雪花
成了唯一的想望和寄托

屋檐上往下长的冰柱　还有
溪涧　绣塑着
一幅幅透明的晶体
灿然成冬天里盛开的花朵

远　山

远山　远景
白云环绕　裸露的山峰
如仙境　惊喜着目光
想入非非　还有那个传说
不可捉摸
藏进记忆
让我天天呼吸
那片林子的过去
让我回归自然山地
如一粒树种　投去
长成往日辉煌

远远　望去
大山
树木很好
鸟儿飞串　花儿飘香
风儿弹奏　山溪欢唱
绿色盎然
松杉和白杨
树起绿色阳光
哗哗作响是小溪
正流向绿色还没有步入的地方

东阳升　我的目光
隐藏
有炊烟的村庄
以及奔跑在坡上的牛羊
吞食树木的厂房
我的思想顿生疑虑
空气缺氧　生态苍茫
在晚风吹拂之后
缺衣的山体是否有个绿色的衣裳

远　坡

远地　远坡
土屋　村庄　院落
是我们的家园
祖祖辈辈居住的地方

土豆　红苕　玉米
柿子　拐枣　核桃
是我们生存的物质
在心身里滚动成血液
列祖列宗　刀耕火种
土地长出的粮食
直到如今
祖先并没有离去
是上苍恩赐　降福于斯
在山坡上　或每一寸土地
旯旮坎坎里
如树落叶子肥润一株玉米
或一棵肥壮自己的树
如烟往事一茬接一茬
浅黄浅绿着季节

土碗　水壶　或一片泥瓦
是祖先留下并没带走的
在我们血液里

种粮和吃饭　传承
勤劳善良的禀性
这是祖先的思想或语言
随着翻开的泥土
在儿孙的汗滴中
浇灌成五谷丰登
成为儿孙生长的精神
任由唢呐悠悠

在远方的古树上

站在远方的古树上
一只鸟儿在吟唱
隐隐约约流露出思乡
昂头翘望　家乡的方向
仿佛听见妻子儿女的声语
句句都是期盼　渴望

古树端详着我
擦亮了冬天的眼光
看清了我内心的想望
便把我所有的思念　从
树梢上滑落下来
摔碎了冬天的梦
梦的那边就是春天

我的情感
在不经意间
流出了绵长泪滴
打湿了
往年我在古树上荡来荡去的
秋千

春　意

把所有的绿色
藏在
激情的血管
飘过内心的江面
露出含情似水的双眼
走在江边　看见
那垂吊的柳枝
舞动着情感
把春天的梦幻
撒在岸边
把相思的泪滴
化成雨点
随着江水
流向远方的你

一地的花香

沉睡了多年　今天
一双智者的眼　发现
是天然的太极图案
成为人们朝圣的乐园

一个风和日丽的午后　走来
一位姑娘　灿落
一地的笑容　和
那惊伏的虫儿一起
摆弄一地的花香

春天的歌声

春雨滴醒了睡冬
春光荡开花儿的笑脸
春风在激情地弹奏
春意浓浓　春意盎然

山峦的枯枝已吐绿
春天已向我们走来
鸟儿在歌唱
花儿在怒放
村庄染满了春色

我已感觉到春天的温存和气息
寒冷寂寞已远去
新的景象已经登场亮相
泪水不在眼里流淌
忧伤不在心里彷徨

那片红叶

虽然，我很孤独
可还是在无人知晓的地方
一个人吟唱
把激情流放出灿烂的阳光
洒在那片红叶上
灿然得如姑娘的脸蛋
将寒风收进心脏
瞭望远方春天方向

有些是躲在大树后面
逃脱了秋风的清扫
也跟着一样的红
红得就如一轮太阳
连那些爱咬树叶的牛羊
都不敢去吞食它们
圈着喂养

停留在冬天里的那片红叶
都将从枝头上落下
因为季节已经让它红过
春天的脚步已经来临

又将孕育一片新的红叶

山 竹

不管是贫瘠的土地还是峭壁
只要有生命的空隙
你就会昂起头，从不弯曲
高高竖起生命的火炬
风吹雨洒从不自熄
酷暑和严寒难以让你褪色

水嫩水嫩的翠竹
如梦一样美丽
碧绿碧绿的叶子
如春光般明媚

你仿佛浓缩了世上所有的绿色
绿叶才这般俊美
仿佛深冬把你迷恋
就躲进叶片里休息
于是，你获得了永恒的生命
也融进生活的笑意
那不褪的绿色
仿佛青春的火苗在闪跳

豌豆花

田野绿色的天空上
挂满枝头的月色
是一朵朵飞来串去的蝴蝶
浅浅地微笑
沿着田间小路缓缓走来
落在我的眼中
与鼻尖

阳光和庄稼

清晨的一缕阳光　和鸟儿歌唱
风儿把你吹晃　迷迷惘惘
正在捉迷藏
一滴露水爬在叶子上　明明透亮
正斜着要滑落
躲进叶子深处　正
和庄稼悄悄私语

五月的风儿　把庄稼和阳光
挑进道场
连筢拍打出世俗的礼节
藏在叶子下的情愫
还有几粒野草籽　抛心敞肺
五谷露出了丰满的身段
阳光灿落了笑靥

油菜花

你灿烂的笑脸
撒满山野一地
让我无法拢起
流浪　流浪
飘来的香气

微笑是你特定的表情
还有一双闪烁的眼色
把爱情的含意
摇晃成黄灿灿的果粒

雪

像飘落一地的杏叶
像飘飞的棉团
像苍天降下的麦面
铺天盖地
撒满你热爱的人间
温暖着睡眠的冬天
雪，你的柔情和纯洁
染在我青春树起的风帆
银装素裹一般
瑞雪兆丰年

啊，雪
在寒冷的季节
塑造出美的景象
蹦跳出激昂的诗行
无限给予我的温床
并在磨出茧的心上
勾幻一缕缕春的希望

喜爱一只蚂蚁

喜爱一只蚂蚁
是因为它们和我一样
整天忙碌　奔波
或在地上树上地下
不停地行走劳作
白天夜晚都不曾休息

只有果子累累时
会爬在丰收的胸膛上
陶醉

它们的嘴和人的手指一样
把地下的泥土移出地面
给自己营造一座房子
把丰收的果实运进去收藏
准备迎接那个寒冷的冬天

它们是真的体会到外面的阳光
和地下漆黑的模样

透过阳光

透过一滴露水
一双眼目
鸟儿和风　庄稼和树木
以及大气

庄稼与你窃窃私语
叶子在梦里与你相遇
夏天的辣椒　秋天的玉米
还有几粒野草籽　抛心敞肺
藏在翅膀下的情愫
如鸟儿在空中展翅飞翼
辣椒通红着双脸
五谷露出丰满的身段
阳光灿落了笑靥

牵牛花

漫伸着头儿
与庄稼窃窃私语
日久天长　天长地久

日子如行云流水
情感一日日浓深
拥着庄稼亲吻
在情与爱的碰撞中
翘起喇叭般的花儿高扬

见到了燕子

在我漂泊的日子里
我认识了你
你和我一样不停地在飘飞
总在寻找一年的春季
我还没来得及脱下冬衣
你已抵达我的眼前
你一定是掠过布满薄冰的河流
和雾锁重重的群山
看起来你的翅膀比我想象中的还要柔软
你一定记得你居住过的地方
那座山峦　那间土屋和一片蓝天
还有供你筑巢的泥巴
我为你清扫的房屋院落
我为你推开的那扇家门

当叶子黄满山时　你又得离开
你总是在追随春天
我们又得分手
待到来年春天
我们是否还能再相见

在这个寒夜里　我
又一次与你相见在海边
你的羽毛还是那么柔软

你总是欢快地飘飞
我站在你的窗前
不敢呼吸
生怕我粗重的喘息
让你受惊不安
更怕惊落了你　正在做的美梦

春 光

一道光芒
如同铺下渔网
没有钩
只撒下无数垂线
风说你痴
云笑你荒诞
你却很自信
不紧不慢
提起垂线
竟钩出嫩芽一片

百灵鸟

春天的歌声
在冬天的叶子下睡眠
虽然寒风一个劲地弹奏
但春天没有来到
我喂养的百灵鸟
还很小　在初春的路上学唱
它捡起遗落的音符
从不同的方向　向我走来
把我眼前的早晨
唱得清新秀丽
有更多的鸟儿随后发出声音

我在这个早晨也想歌唱
把嗓门试着润润
用全部的力量
把声音调到最高处
立在枝头上叽叽歌唱的鸟儿
被我的歌声惊飞
我开始怀疑自己
它们为啥不听我的歌声

是不是我的歌词歌曲
不是名家的作品
或者是我那不中听的声音

不像它们百鸟朝凤那样美丽
我是一个
在春天里迷失了自己的人
想把自己流浪漂泊中看到的花朵
用声音表达给大地
让属于自己喂养的百灵鸟
心不再关闭在鸟笼里

春 风

拴不住的情感
飘向山野
随耕田的犁尖播下期盼
描绘出人勤春早的图片
落在枯枝树梢尖
摇曳
那情不自禁的情怀
馋露出绿绿的舌片
舔破沉睡的冬天
将春来的消息传得遥远
一群群燕子
听到你的呼唤
飞回家园
在屋下
精雕丝丝语言

放歌绿色

绿色　这种古老的颜色
染在炎黄人血液里
流淌了千年万年
现在绿的颜色好像慢慢褪去
天不再碧绿
水不再清澈
山不再青绿
城市高楼林立掩盖了绿色
农村垦荒和乱伐已将绿色驱赶
人们对绿色概念如此平淡
绿色面临着人为的灾难
人类也因此遭受大自然的回战
一次次狂风暴雨冲毁了粮田
一次次干旱造成粮食减产
一次次环境污染导致疾病蔓延
比如非典与禽流感
这一桩桩一件件　都在告诉我们
植被绿色　保护绿色资源
我们才有一个良好的生存家园

时至今天
绿色如同春天
从遥远的天际边
走进高原走进深山
落户于我们中间

成为我们共同的呼唤
在我们居住的大巴山
汉江　溪边
就如母亲身上流淌的毛细血管
滋润我们生长到今天
我渴望江水不再昏暗
那飞翔的水鸟
以及游憩的鱼儿有生存的空间
让我们彼此都看见水清天碧蓝
让我们生存在绿茵连片的家园

从远古到今天有千年万年
绿的颜色从未改变
从黄土高原唱到秦岭大巴山
从黄河与汉江绵绵流潺
我们的祖先就喝着这水
吃住秦岭巴山
直到今天
在我们身上还有绿色的基因
以及绿色释放的激情火焰
不能忘记祖祖辈辈与绿的血液相连

现在我们没有理由
不更新观念
让绿色染满我们的思维
让联想勾幻绿色
让绿色成为我们行动的指南
让歌声唱绿宇宙空间
让无私奉献感动苍天
不再给人类降下灾难

红 叶

不知是谁　把
你送上枝头
穿上红装
一个人独树一面旗帜
在深冬里风奏歌舞
把激情灿落一道阳光
是那片红叶
飘飞　流浪

不诉说一点寒冷
不诉说一点寂寞
总用满脸的微笑
把山野装点得通红一片

总在季节暖和时离去
总在季节寒冷时来临
把快乐留给别人
把难过的日子留给自己

绣上大西北

春姑纤细的双手
拈着太阳的光线
把如海的情感
倾注在彩色的绸面

绣上绚丽多彩的梦幻
绣上黄河汉水流淌的大西北
绣上这方土人的心愿
绣上秦岭巴山的山水情

让这古老而沉睡的黄土地
在醒悟中走进梦想
让所有的人都知道：大西北
在大开发的春风中绽开新颜

赞耕牛

历经艰辛
受尽磨难
依然
拉不直犁弯
扯不断绳索
挣不掉鼻圈
但从无怨言

在你挥洒的汗滴下
板结的土地
变得那么松软
一生的耕耘
一生的忙碌
只为了奉献

第三辑

亲情

我们的生活
在父亲挥动的双手中
无忧无虑
丰衣足食

秋天，我有一行诗

秋天，我有一行诗
在田野，父亲手握的镰刀
正在收割玉米，或者杂粮
就像把田野零散的诗句
收割、整理、归类

夕阳把田野染成金黄
父亲弯曲的身子
抚摸着秋天的暖风
握住每一株玉米
还有高粱

而我在父亲的身后
也走向了田野
接过父亲用过的镰刀
把父亲没有收割完的五谷
拾起
就如拾起父亲丢下的诗句

望 乡

我在想我们这些外出的打工人
今夜，月光会不会和往年一样
照在门前的古树上
树的影子是否还是倒映在道场上
拉得老长老长
侄女侄儿是否围在爷爷身边
缠着爷爷讲月亮里的那棵树，还有
嫦娥的故事

一些细小的山风，带着乡愁
一晃一闪，忧伤着妻子的心房
那天那年，也是那个夜晚
牵手于月光下
面对月光老人，许下诺言

今夜，天各一方
故乡的月亮，有你守候
我不用担心她会孤单寂寞
所有的思念、痛愁都被月光掩盖
还有一些浪漫
将被月亮的银色染上

我是乡村的儿子

我是乡村的儿子
山梁是我的肩膀
沟溪是我的经脉
还有坡地是我的胸膛
那片绿林，是我童年的梦想

我是乡村的儿子
在奶奶的针线框里攀爬
在爷爷的烟袋下
数星星、看月亮

我是乡村的儿子
注定今生也走不出
村头那棵树，温暖
又慈祥的目光

我是乡村的儿子
注定今生要在乡村里
摸爬滚打
描写春天的光芒

五月，都在为一个人送行

一个人走了
走得很突然，从一楼
走到十二楼
这是他最后的行程
生命、青春
在烈火中燃烧，成
一种光辉

整个五月
都在为一个人，送行
连同苍天
都在为他下一场雨，落泪
高山、树木，还有苍茫的大地
为他披上了一层层白白的雪

一个年轻的人，二十七岁
从一楼冲上十二楼，扑向火海
打开了生命的通道
多少个活生生的生命，安全撤离
他却倒下了，留在二十七岁的年轮里

风放慢了脚步
车缓缓地，路旁的行人
还有行道树，都

默默地低下头
在为一个人送行
一位年轻的公安战士

写给医生和护士

他们是治病的医生
他们是身着白衣的护士
他们是爹娘的儿女
又是儿女的爹娘

只因这场疫情
把他们推向了没有硝烟的战场
是天职，也是使命
更是初心
他们全副武装
身着防护服
佩戴护目镜、口罩

其实，他们也怕感染
他们并不是钢铁打造的身躯
他们也要吃饭、休息
他们和我们一样，是普通的人
只是想在这寒冬里
将自己如草木的肉体
燃烧，发一些亮光、一点暖
给那些正在寒冬里受冷的人
一点希望，和亲人般的温度

月光穿过手指

月光是那么微弱
可很明亮，在今夜
它梦寐以求的是能圆
不能有半点缺，于是
我伸出双手，看
月光能否从我手指头间穿过
把我的指纹和掌茧照见
还有我的心事，以及心痛
为此，我看见它洞穿途中
所及的曲折、坎坷、黑暗

月光它能照见世间每个人的手指
可以挨个穿透一遍
就如蜘蛛网在天地之间穿连着网罗着
也能像一杯美酒让人陶醉
也能像一位诗人写下天下最好的诗句
以及天下所有人的心愿：团圆

在今夜，月光成为永恒
永恒地陷进
写诗人的手指和掌心
不可挣脱
陷进了无限的相思
吐露出凄美的诗篇

中秋月饼

一些地名、人名和方言
爱恋，仇恨，恩怨
都在中秋节来临，围坐
面对一盘月饼
没有话说，所有的心酸
都深藏
如蚂蚁、毛毛虫在内心驱动
所有的期待、分离
都将在今晚变得遥远
还有乡村烟火，残缺的往事
随着啃下的月饼
都将变得圆满

这些叙述、情节
不需要翻阅楚辞或字典
把所有内存打开
那些乡野流通的方言
就像一群牛羊走来
肥壮且豪放
没有人不说热烈
亲切

吃完了月饼
在今夜乘着月色赶快上路

或离开故土，或返回家乡
不要挥霍和浪费
月亮的光芒
也不要忘记那些地名、亲人
还有我的方言、风俗

月　光

终有些人在今夜吃不上月饼
穿不上月亮的衣裳
肯定忧伤，如一只萤火虫
在夜色里行走，那些心事
不会散去、消失
像月光的影子倒贴在心上
默默地祈祷或歌吟

那些过往的风带着朦胧的月光
在私下窃窃叙述
传播流言蜚语
谈天论地
诉古道今
那些草儿虫儿听得起劲
唯有月光滑落了泪水
它们知道过了今夜
因圆又得缺

月光照在老家

屋檐月光已爬上，在我老家
树梢伸过来的手臂
挥动着的舞曲
奏响了虫儿组成的乐队
低音高声混合
沿着沟壑飘过老家进入村庄
展开一幅乡夜画卷
轻轻摇荡
小村的鼾睡

老家、老人、孩子
留守的记忆
鸟儿敲击着季节和农事
月光罩在连绵起伏的山梁
老家的村庄、庄稼
都被月光朦胧着
就如含意很深的诗句
让人无法读懂看透
而惶然

山峦移动月光的脚步
丈量着
山的高矮长短
那些私情、陈年往事

都在月光下沉睡
深深地陷入美好的梦里

只剩下你

现在我只剩下你
剩下你留给我的柔情话语
在昨天的记忆里游走回荡
说不清道不明
为啥
不离不弃

所有的人都已离开
而你却留下
我眼睛丢在你的身上
后来知道　心也丢了
尤其你在荷塘那一笑
让我无处躲藏
忘了一切
心跟着你走了
拉都拉不回来
好无奈　输得彻底
输得一无所有
可能以后的日子就剩下你
剩下你在荷塘边扔过来的
那灿烂的微笑

想明白

你已将温暖的手
伸向我
让我温暖着
可为啥又要收回
让我再一次感到孤单
折磨得痛苦又受罪
我想知道　这是为什么
是我做错了什么
我真的不明白
在昨夜　你离我而去
望着你的背影
我才真的感觉到
我的生命中
每时每刻
都离不开你

我已陷得很深很深
不能自已
更不能自拔
你的一进一退
一冷一暖
让我激情消退
精神崩溃

泪　水

荒芜了的聊天领地
还留下你温馨的话语
让我时常忆起
养肥了青草
饿瘦了玉米

我是不是真的很傻很傻
为啥这么痴迷
人家已走
可我还翻阅着曾给我的温情柔语
让我　在今夜
孤零零的心
淌下一次又一次的泪水

心　语

不知怎么
我来到这里
偏偏又遇见了你

我知道　我的春天已过
花儿已经凋落
自己不再灿烂
也不会因你　而
明媚

我已经把心思掏出　给你
和往事一起褪去
心冷都冷了　凉都凉了
火灭都灭了　你它他煽着
加热
让我再一次惶然失措

提着竹笼子的母亲

那段日子
不能忘记
母亲提着竹笼子
走过艰难的岁月

提着竹笼子的母亲
走进广阔的田野
寻满一笼笼猪草
喂出一头头肥猪
摘下一笼笼山果
换回一壶壶油盐酱醋
从此　日子才好过
而母亲却变得那么苍老

提着竹笼子的母亲
带着一家人
走出寒冷的冬季
走进春暖花开
走过一家人的愁眉苦脸
走入一家人的欢声笑语

农夫之子

我是一条根
我是一条铧
长在父亲的胸坎上
套在父亲的掌心上
注定此生　要用头当足
在地层里旅航
翻一片荒芜的土地

我是一粒小麦
我是一粒苞谷
在父亲的手中　挥去
落在哪
只要有一撮泥土
就能生根　健长
长成父亲手中的期望
和家人饭碗中的五谷杂粮

我是一苗苔秧
插在地里
自己生根　自己放秧
从四月到九月　见风见长
感受雨露和阳光
当叶子上有一层白白的霜
父亲就用锄头把我挖出土壤

放在心中　于手的掌上
沉沉的有了分量

我是一棵树
我是一株草
长在父亲的心上
于田野里的旮旯坎坎
在岁月的炉火中磨炼
直到花儿飘香
果子挂在树梢上

父亲的脊梁于胸膛
使我们果子压得弯曲
盛得满仓

父亲的双手

父亲的双手
握过八斤半的锄头
就如文人手中的笔
在田地里会写人生的里程碑

父亲的双手
摸过石头
垒起了道道农田
栽过的树
就是那飘香的果园

我们的生活
在父亲挥动的双手中
无忧无虑
丰衣足食

心　愿

父亲最初的心愿
想把门前的坡地
捡成丰产的粮田
为此奋斗了几十年
终究修成了一道道农田到门前
解决了一家人一日三餐

有了吃　还需要用钱
父亲的心愿随之有了转变
想把房后的荒山建成果园
既绿化了荒山又能挣点钱
又为此付出了几十年
如今荒山成了飘香的果园
父亲的心愿终于实现
那丰收的果实
后人品尝不完

那支歌那片土

那支歌
是妈妈教的
藏在摇篮底下
让我入睡
唱我长大

那片土
是爸爸播种过
在我长大的时候
交给我
去创造生活

冬　天

绿叶开始褪色
如情窦初开的姑娘
羞怯怯的如初恋
赤红赤红着脸
把果子和五谷
挂在脸上
装进了胸腔

一位老人
一声歌唱
迎来了阵阵雪霜
染满面目鬓发
这不是残酷　是季节的轮回
就如一棵树倒下
身边就有新的树芽萌发
再如老人的身后
有一群幸福欢快的如花孩童走来

土地开始结冻了
脚步已踏上冬天
走进了睡梦
季节累了　该休息了
让她做一个新的春天美梦

腊月和春儿

春儿在春天的风儿里
在腊月的手掌心上　飞向
沿着季节的风流　去
远方　远方
在夏季的汗滴里
在秋天的果实里
汇集成条条短信
从空中发回　于腊月的手机

腊月在腊月的车站码头
进村的沟口
站立守望
期待春儿的回归

捡一抱干柴　点燃
围着火炉给春儿接风取暖
做一个清浆豆腐
下一碗酸菜面
换一个口味
吃一顿家乡饭

春儿在腊月的手心上
如放飞的风筝
不管放到哪

118

线头总被腊月拽着
永远不放
也永远不断

正月二月桃花开

正月二月桃花遍地
不知它为谁开
那怒放的一霎
有没有人欣赏
我的奶奶就在那时离开

多少年过去
奶奶睡成一地
是我泪流满面的花地
让我无法忘记
正月二月盛开的桃花
不要走近呼吸
怕惊着了您休息

守望泥土

一辈子　守望泥土
如一株庄稼
根植土壤　是我父亲
在风风雨雨中
在严寒酷暑中
经受磨砺与锤炼
长出五谷杂粮
滋润我们成长

如今我已长大
站在父亲站立过的地坎上
体味日月风霜
才悟出做父亲的辛酸与苍凉
如今我同父亲一样根植土壤
此生注定我一辈子寻找泥土的营养
滋润下一代成长
又一次重复我父亲的忧伤

期　盼

在大山包围中
树立于田地里
像棵压弯了的杨树
头顶太阳　从东到西
日出而作　日落而息
日复一日　年复一年
手握锄头和犁铧
敲开土地之门
翻开生活的篇章
用辛勤汗水感动皇天后土

在秋天的日子里
你站在田间地头
目视金黄的田野
高兴地落下了泪水
所有的期盼终于有了回归

珍　藏

你去南方
好长好长
至今没有音信回乡
每当落日的晚上
我都在门前的路口张望
希望归来的影子是你
可这一切都是茫然的梦想
在外的你丢了回家的车费
永远留在异地他乡
而我痴痴地为你
准备回家的车费　不知邮向何方
只能在入村的路旁遥望　回想
儿提时玩的迷藏　初恋时的声响
现如今无限的痛愁与彷徨
命运将注定我今生半世沧桑
唯有将那落地的往事
捡起珍藏

乡思雨

一次次外出打工
只为挣钱
把家里的日子过好一点
心甘情愿经受艰难
女儿那渴望知识的双眸
妻子那焦急的脸蛋
父母的句句瞩言
时时出现在我的记忆里

在外的每一天
构成默默地思念
把那思念变成乡思的雨点
都是我辛勤劳作流淌的汗
在这乡思的雨季里
我仿佛听见
女儿的读书声　琅琅回荡耳边
连绵起伏山梁的路口
妻子张望的双眼　望眼欲穿
母亲叩求神灵保佑儿子在外平安

家人　亲人
在外的我一样思念
漂泊的心永远为你独守
流浪的行船终究会靠于你的岸边
到时再叙在外经受风雨的每一天

我们相聚

我们这群人　漂泊的浪子
在这里相聚
是因跳动的心脉　流淌的血液
曾经磨难的经历
已凝结成深深的友谊　友谊

从你的眼神　从他的表情
我已看出雨水奔流过
辛酸滴滴
脸颊凸显的沟渠
印证了我们彼此的遭遇

我们相聚　我们欢聚
互相道出心语
彼此心神得到慰藉

漂　泊

漂泊
背井离乡
心里总是牵挂
家里的儿女和那几亩田
不知家里人是否一样思念
我心里彷徨
流血流汗换来的金钱
是否能满足家人渴望的眼光
那满脸的愁容褪去
是否有轻松的微笑，盼
我归乡
看青山绿水、文友，还有
我的亲娘

等你回归

秋雨绵绵
一往情深
淋湿了我美丽的春天
你远去的背影
消失在夏天的狂风暴雨中
因解救洪水围困的人群
自己被洪水吞去生命
你的身影与名字在洪水中定格
成为悲壮而伟大的时代歌词
被更多的人传唱和颂扬
而我
时常在你救人的河旁
木然地站立
希望能出现奇象
从水中浮现出一个活生生的你
虽然这是一种徒劳的选择
我都无怨无悔等你
直到天荒地老生命最后一息

站在……

站在家乡的峰峦　眺望
峰回路转
竟不知哪条是回家的路
出山的路有多长多远

站在工地上
我不知工期的长短
又有多少危险与艰辛
还有老板何时兑付工钱

站在威海的海边　望着
碧蓝的海面
我竟不知它有多深多宽
哪一滴是源于汉江
它何时能到达彼岸

心　地

跳动的心脉
为你
牵肠挂肚
搁不下思念
魂牵梦绕
冲不淡往事的容颜
埋进心里
封存难忘的日子

站在心地的路口眺望
穿越万水千山
眼前出现　繁忙的人群
我在寻找那个你
想给你道一声：注意身体
别忘了归回的日期
千言万语都封在心里
以及所有的惦念与牵挂
等你归还故里之时
拆开
给你

我在行走

我在行走
行走在山路上
脚下　一片沙土　和
泥泞
坎坷的难行
我的目光注视着远方
那座美丽的山顶

我在行走
行走在地下
只有一个人高的巷道里
手握钻机　嗡嗡作响
向地的心脏打探
寻找宝藏

我在行走
行走在汉字中
试图将一个个汉字拼凑成
一篇篇文章

我在行走
行走在人际中
我在寻找金钱　权力以外
的朋友

那回别离妻

牵着我的手
妻子送我到村口
落雨的路上滑　你要慢点走
一个人在外　照顾好自己
别忘了回家
还有我天天的等候

我一步一回头
看着痛愁的妻子
心里好难受
家里的重担落在你肩头
背着日头面朝黄土

捏着指头算
走了很久很久
该到了归回的时候
你常常端望着村口
一次次守候
等不来我
你说我记忆出了差错
是不是忘了回家的路

无端痛楚
庄重守候

只为了将那破碎的记忆
合拼
将时间倒流
让记忆一次次复活
那回别离

爱你，我准备远去

背起行囊
迈出家门
我准备远去
我的妻子儿女
还有关爱我的人
守着是爱
离开远去
我更爱你们

远去是因为
我无法回避
漫长的日子
所有的油盐酱醋、你的衣衫
还有人情、每月的水电费
种地只能糊口
长不出票子
所以，我得远去

你说我的远去
是不是更爱你？

我说我要回家

长年漂泊流浪
每时每刻都在思念家
汉江，陕南
那里有一座村庄
就是生我养我的地方

我说我要回家
家里有我亲手栽的果树
现已挂果正在旺长
还有和我一起生长的草木牛羊
正在春天里感受阳光

我说我要回家
家的温暖让我进入梦乡
父母的关爱使我心里暖洋洋
儿女活蹦乱跳让我看到了希望

想回家，不想在外跑
时间岁月让我变苍老
抱着孩子歌唱和微笑
投进妻子的怀里直到天荒地老
让日子像蜜一样甜蜜美好

写给打工人

你们要去远航
带着一家人的期望
背井离乡　寻找银两
想　支撑起家庭腾飞的翅膀

整日忙碌　流浪
一个工地走向一座厂房
用辛勤汗水筑构起漂亮的楼房
美丽时尚的衣裳
自己住在简单工棚里淋雨受寒
穿着单薄的衣衫
默默地领悟着思乡的忧伤　思考
明年孩子的学费是否能按期交上

当一座座楼房拔地而起
你们面临着失业
只好收起行囊
走向另一个地方　去寻找
下一个新的希望

漂泊千岭金矿

2006 年我离开了三秦大地
脚踩齐鲁的土壤
在威海的地界上
有一个千岭金矿
是我那年漂泊的地方

我在想我们和蚂蚁一样
寻完了地上食物
开始打洞向地下寻找
在负海平面下　开挖金矿

每一天的早晨
乘坐罐笼进入地的心脏
在钻机的嗡嗡声中
开始打眼　装药　放炮
把地下的肌肉炸得四分五裂
不成模样
滚滚浓烟很难消散
人在里面　严重缺氧
不少人晕倒了被掉落的石头砸伤

有一天晚上
我望着满天的星星
情绪低落　心情无限的忧伤与彷徨

不知我的漂泊与辛劳
能否满足子女求知的欲望
会不会被那股还未停的风流
卷走　刮光

都说是金子会发光
可在漆黑的井下
我们睁着双眼看不见
身处金子中间
却不见金子一道闪光的亮点

离　开

　　果子离开树是因为成熟
　　胎离开母体也是因为成熟
　　我离开家乡漂泊是在寻找
　　寻找我丢失的东西

　　很多人在陡然间离开
　　因为他们唤不醒土地
　　也学着土地一样沉睡
　　一个个在我们的记忆里
　　褪去　消逝
　　所有的容貌　如远去的雾
　　生活在我们偶然记忆间

　　守候和期盼等不来什么
　　我选择离开
　　不停地漂泊流浪
　　总在寻找忧伤之后的喜悦
　　沉睡　寂寞　艰难向我走来
　　在异乡他地的上空
　　我激情的河堤炸开
　　奔向我向往的大海

哲思

弯下去，是一种姿势、一种态度
也是岁月的积淀
就如一根粟谷，头低下了
弯下了，就成熟了

省下赞美

有的人
多余用着赞美
请省下吧
给那些逆行者
请不要歌唱　或形容
用方言土语
或者血泪
去慰藉伤痛的心底

在这场突如其来的疫情
请省下赞美吧
留给医生护士
留给抗疫一线所有的人员
留给那些捐款捐物的人
把思考留给旁观者
留给我们
慢慢去想　去反思
我们自己

省下赞美
低下头
向因抗疫防控殉职的
向不幸去世的同胞
深深鞠躬

向他们致哀
请省下你的赞美
淌下一滴眼泪吧

省下赞美
让花草盛开
在春天里
我们采摘一丛
于清明节那天
将他们簇拥
还有省下的赞美

学水走路的样子

在故乡，看到一滴水
在行走，总是
从高处往低处走
我学着水走路的样子
一直走到现在，还是没改
从高处流向低处
最后，通向了海

弯下去

小时候，我在父母肩膀下
游走，生活得无忧无愁
年轻时，我骨质健壮
所有的重量，都压不垮
也压不弯

而今，我年岁已高
再也承载不了生活的重负
一压就弯下去
也不敢挺直，一挺直
就破碎了

弯下去，是一种姿势、一种态度
也是岁月的积淀
就如一根粟谷，头低下了
弯下了，就成熟了

上　船

一条江隔着今生前世
一渡就是千年
险滩上、浪尖上
日子一天天过，风雨同舟
也风雨兼程。上了贼船
又逃离贼船
浪尖上的经历，一茬一茬
度过

岁月给我们留下了
曾经的过往，多少次
遇上了险滩，又多少次
逃离，逢凶化吉
唯有往前，对岸的风景
才会握在自己的手心上

上了船，坐着船
很多时候航向是风掌着
航速也是浪掀着
我们只不过是个乘客
一茬的过渡者

过　程

走来走去，大半生
没走出去
还是回到了来处
就如推磨，转了一圈
还是回到了起点

又如树的叶子
努力地经受风雨
原来是为了最后的落下
归根

农人一生都在摆弄土地
面朝黄土背朝天
辛苦劳作
在土地上索取生活
到最后把自己全部交给了土地
这就是一个轮回的过程

引　路

那些夜行者
需要灯，一盏
可以给露水、细小的风
还有草木，引路
让脚步看见实处
稳步带领思念
赶在清晨之前，趁着还有月光
回家

看 门

站在一道门上
看风景
看过往
看江湖
看世象
看风尘
看前世，也看来生
唯看不透人心

一些花草

一些风，形似蚂蚁
在乡村野地，搬运花草
源源不断，向城市迁移
那些漂亮的陶瓷，成了
嫁衣，或者住地
于阳台或庭院
观看

这些花草
离开了沟壑、山川、秀地
在城市里，生存得高贵
被主人娇生惯养
定时施肥，浇水

在城市，这些花草
一生，未经风雨
悬在空中，也
接不上地气

一棵树

一棵树
被五花大绑，按照特定的姿态
植入盆中
枝头一伸，就被剪掉
永远都长不大，也
成不了材

行道树

这些行道树，都是
从乡下出高价挖来，一棵
好几万，挖好坑，一坑一棵
不用问树，来了就栽
不管你愿意不愿意
适应不适应环境

住在城市的树，叶子
永远都归不了根
一落地，就被清扫

根

被送往枝头
抬得很高
想顺着来的枝干
一节一节地
走到来处
找到先祖
找到庞杂的根系
叶落归根

养蜂人

一个养蜂的人
把一群蜜蜂放养在山里
让其和野花谈情说爱
他从中听到了
蜜蜂和野花的窃窃私语
叫，蜜语甜言

养蜂人将这些话语收录
封存。标注甜蜜
销往人间

坎

风把我推上去
生活把我推上去
面前有一道坎
又宽又长

越过去你就知道了真相
越过去你就知道了真理
越过去你就站在生活的蜜里

我的命

我出生那年，赶上饥荒
村里不少人都被饿死，母亲说
我命大，没有奶水
靠喝苞谷糊糊儿
竟奇迹般活了下来

山地里的苞谷啊
只要有一把土，就能发芽生长
即使风不调、雨不顺
即使再瘦弱，也能顽强地活下去
只是籽粒瘪瘪的，还不等成熟
风一吹，宿命就落地了

走夜路

在夜里走路的人
靠着月亮和星光
一步，又一步
接近真相，在背阴地方
有一盏灯，从身后
照过。射向前面的路
看清了头顶上的星星和月亮
却看不清照亮人的模样
于是，越来越靠近晨光
靠近人间烟火

观　念

昨夜有阵风刮进来
村头那棵千年老树，有点动摇
树下走动的狗张皇不安
刚上床入睡的寡妇刘妹
吓得缩成一团，整夜没有合眼

随后，把我一首诗吹得老高老高
舞动的样子好看
我忘了诗上写的汉字，那些句子
就像忘了我初恋的那个姑娘的长相
那乌黑的头发上，现在
已落下了几朵雪片
转身间，村前的古树，已
风吹叶落，连同我的诗
被风吹远
枝头上的鸟巢，小鸟已出窝
一只老鸟站在枝头守候，叽叽几声
划破了整个乡间

村里的狗和乌鸦

一些人，一些往事
在人世间转弯
有时候也被生命拉长，或者
斜面。连那村头的黑狗都会
追赶、狂叫、奔赴
那个上气接不着下气的、艰难的人
空中的乌鸦，也在头顶来回
叽里呱啦，还有麻雀

虽然，人间写满了善良
它们不曾看见
对于凶恶它们学会了摇尾巴
还有乌鸦的歌唱

放　下

放下用过的金银首饰
放下名声权力
放下用过的家具，住过的房子
以及锅和碗筷
放下欲望和贪念

因为，这些原本不是你的
现在不放下，到最后还是要放下
就如树上的叶子
归根

还　情

今生，我是为了
还情来的，还父母的养育之情
儿女孝敬之情，还朋友的友情
还爱人的真情，就在今生今世
不想等到来生来世
把情，还清
还清了，我沿着来的路
就走

雪

奖给你一朵雪花
不敢去温暖
因为一温暖就融化
想要雪花
就继续学会寒冷

生命之路

泥土没有空间
种子，生命依然冒出
脚下没有大道
但，我们还是要迈开步伐

我们知道生命冒出的沉重
我们知道脚步迈出的艰难

当高粱在秋天里红脸低头
镰刀便会歌唱
当理想之路敞开
脚下的步伐就会矫健

一棵树和一只鸟儿

一阵风把一棵树，吹着
撕扯。树枝断了碎了
根还在

一条路，通往山外
一弯一弯，回过头
看不见来的路

一只鸟儿，被风惊飞
离开了树
在城市的空中飞旋

停下来

停下脚步，宅在家里
闭门思过
停下车辆，腾出道路
让医疗队员，让救援物资
畅通无阻

停下来，是我们唯一的方式
以静制动
我们停下来了
病毒也就停下来了
我们停下，是一种自我防护
病毒停下，就会在原地死去

老了，我得去

老了　我得去
偿还　我一生吃人家喝人家
都得还给人家
因为这原本不是我的

我赤裸裸地来到这里
也应一无所有地离去

传说人去了得上西天
我老了　也得去
去把一生喝的雨水
还给苍天

有句话说得好
人吃土一生　土吃人一口
我吃了土一辈子　可土只吃了我一口
算算账　我还是欠土的
化作泥还不够

我去了　我可欠人家的太多太多
俨如良师的　益友的　亲人的
要是脱了我的衣裳　抽了我的血
能还清　我绝不心疼

一辈子努力想让别人欠我的
最终我还是欠人家的
都说有来世　不知道是真的吗
俨如有人说的做牛做马
如果那是真的　我也愿意

一滴水它要远去

这滴水从天上来
是云的手机
传来的点点私语
落进田地
滴滴响着的
是上苍洒下的爱意
滋润庄稼滋润万物
还有那——人的心地

这滴水从岩中滴下
它要远去
顺着小溪
潺潺流去
汇入江河
融进大海

一只麻雀

你一定记得从来没去过远方
你知道自己太小
飞高了风大
把你吹得迷失了方向
所以你一生中没有出过远门
就站在小树的枝头上和墙眼里
筑巢　娶妻生子

你是　小得没人知道
可你眼睛耳朵一样也不少
五脏六腑一样齐全
也有思想
也想把日子过得好一点

常常站在树的枝头上眺望
外面的世界是否一如传说中的精彩

无法轮回的曾经

在朦胧的月色包裹中
你伸出纤细的双手
与我同行在寒夜里
所有的寒冷被你热情拥挤

这刹那间的美丽
就如同流星闪烁光彩后
消失得不见踪影
让人无法轮回
只能沉淀在那精彩的记忆里
在寒冷中冻结成透明的晶体

现在我只能将那晶体与相思
收起
装进行囊
去远航
寻找曾经的记忆
思念初恋

冲淡不了的记忆
储存着初恋
打开记忆的照片
那一幕幕动人的故事出现
仿佛又回到了从前

你那楚楚动人的眼睛
蹦跳出道道柔情
好似蛤蚌吐出的珍珠
好似花露般醉人

你那灿烂的笑容
你那活泼的身形
你那嘹亮的歌声
一次次出现在我的记忆中

一天天　一年年
都无法改变
我对你的思念
无法轮回的相约　无法开始的重逢
激起我心灵一次次憧憬

七月火红的太阳

七月火红的太阳
一日从上海滩升起曙光
于是　你照遍了井冈山　延安　南昌
于是　神州大地都有你温存光芒

七月火红的太阳
在镰刀和铁锤的旗帜下
聚集一代伟人
把真理的火种燃遍中国
在你的召唤下团结起来
前仆后继　继往开来
在小米加步枪　挖野菜当干粮的年代
彻底进行了改朝换代

从此苦难的民族
站立在世界的东方
从此　七月的太阳更红更亮
整个中华民族求得了解放
从此　龙的传人更加辉煌

地　膜

为了一个信念
不惜将自己玉体展开
将土地铺盖
把雨水封存
把阳光聚集
让地温升起
让庄稼有生长的温度
让传统生产在此冻结成历史
让科学技术在此大放异彩
就这简单的铺盖
就如同一次论改朝换代
结束了千年万年
种在地收在天

真的假的

世上真的假的
假的真的
真真假假

我身上的衣裳是假的
我的躯体却是真的
我拥有的钞票是假的
我辛劳的汗滴是真的

我住的房屋是假的
我坐的小车是假的
我买的种子农药是假的
我的朋友也是假的

我的血与肉是真的
我的思想灵魂是真的
我头顶上的蓝天是真的
太阳普照的光芒是真的

丢失自己是真的
去寻找自己是假的
假的变成了真的
真的却成了假的

相　遇

黄昏，你我相遇
注定此生的灾难
无法逃脱
文学情结

相互的问候
相互的翻阅
那些只言片语
那些汗与血
组成的心湖
奔成了大海

无法挽留心中的激情
只缘对文学的崇拜
这些豪情壮志
成了我细腻的语言
娓娓道来
是那次相遇
最好的注释

望　雨

无雨的日子
我的心野枯黄一片
渴望雨季
哪怕毛毛细雨
缓缓滴落
润我心境的原野
让它生一束束
一根根
无名的小草
绿一方土地

石　磨

沉积了千年万年
前世造就的一对姻缘
在石匠的钎头雕塑下
两块毛石　走近
结成良缘

落户于农家小院
独守往日的情结
只因前世已经约定
今生要磨出生活的精面
双双固守那个诺言
天荒地老永远拥抱不分散

观察两只蚂蚁

用心去察看两只蚂蚁
看它们爬行的样子
都顺着树干往上走
到了顶端
一只沉思良久
它沿着来的路返回
另一只不愿意下去
一心想上天堂
过那种神仙般的日子
它在责怪树长得太低了
不能让它顺着爬上西天
也怪自己咋不长翅膀　能飞多好

远处来了一只乌鸦
它高声呼唤
那只乌鸦飞到跟前
蚂蚁说让乌鸦带它去西天
乌鸦说你会掉下去　除非把你含在我嘴里
蚂蚁说行
于是　乌鸦张开嘴让它进去
这回蚂蚁终于上了西天

那只下来的蚂蚁
它天天日日劳作

在地下打洞
把寻来的食物藏进去
冬天来了
它走进自己打造的洞穴里
这个冬天不再寒冷

昨 天

昨天
发生的故事
虽然已经遥远
那支离破碎的情节
还在我记忆间

沉绵和惆怅的情感
迷漫了眼帘
无法看清你的容颜
深情之树
虽挂满着果实
而我　一次次错过
采摘的最佳时间

春光里你的眼睛含情脉脉
而套上的犁铧
却始终翻不到你的柔情
狂风暴雨
将我们经营的农田
一次次冲开
难以重合的沟滩

都怪我在昨天
没有挽留你的柔情

让你远去
却构成永远无归的期盼

招回那群乌鸦

乌鸦有黑的也有白的
它们黑白是分明的

整天叽叽喳喳叫着
让人心烦，讨厌
甚至遭到唾骂和驱赶
那次它们在报纸上发表预言
说近期森林要遭受虫害
而被地球村长驱逐
说它们是在妖言惑众
生怕天下不乱

乌鸦走了
流下了最后一滴泪
它们是在哭别人
哭那些不知道灾难的人
因为他们喜欢鸟笼里的画眉
那些优美的舞姿
动听的歌语

乌鸦的预言
森林遭受特大虫害
啄木鸟紧急上书
地球村长速下亲笔诏

众乌鸦听旨：
拨予黄金万两，速回地球村，消灭虫害
从此重用
钦此

无　题

（一）
昨天夜里　我睡得很沉重
我梦见一个小孩子躺在医院
要做人体器官移植手术
我去了
把我身体里的移植给了他
孩子得救了
我高兴地笑了
回到家中　我的孩子也病了
我身体里的唯一器官移植走了
上帝啊　我可怜的孩子
谁来拯救你
（二）
如果我是有钱的老板
我要收留因灾难而成的孤儿
收留贫困的爹娘　和
我的兄弟姐妹
送他们去上学读书
让他们到工厂商店去上班
让他们个个有事做有饭吃
把钱都让他们挣
让他们成为世上有钱的富人

哪怕我成为穷人

(三)

昨天来了一群人　围着我
他们说他们是乞丐
要我给他们一些施舍
我说我身体上的衣服　血肉
都可以拿去
但他们连我的骨头也要拿走
我没有答应
我要留下我身体里的骨头
留下做人的一点骨气

(四)

我站在树下　听落叶说
你们总说我凄凉
可我说我在跳舞歌唱
因为我的落下
又生出了新的希望

忘　记

我多么想忘记
那些不幸的遭遇
以及让人痛苦流泪
深深埋在心底　那些
凡尘琐事

忘记罪恶记住善良
忘记痛苦记住幸福
忘记仇恨记住恩情

让我双眼看待你和世界
就如一泉清水
清澈透底

让这些风远去

我很冷　在冬季
不需要风
风却吹着我的肌体
吹得我感冒流鼻涕
恨不得一把抓住这些风
装进桶里
永远地封闭

这些风无形无声中
在人的思想中
在人的血液里
左右着人的行为
已经刮起
无法挽回
我们这些弱势群体
经不起这种风的吹理
见了心里就有些生畏
多么想让它远去

乱集资乱摊派乱罚款
赌博　包厢花钱如流水
求人办事　你送一百他想两百
喜事丧事　大操大办

这些风
我多么想把它装进塑料袋中
丢进垃圾桶里
装入垃圾清理车内　让其远去

关于落叶

听见落叶声好脆好脆
好像是在早晨或傍晚
那飘飞的样子如舞动的蝴蝶
不管飞得有多高有多远
最后还是停下来　回到根端
去筑构那个思念

有人说大树随着落叶是否倒下
我说不要怕　大树有坚强的躯体
或者说　它已根深蒂固
除非根子生虫　大风又刮起

初　恋

到达约定地点
互视的目光直打闪
慌乱的眼神找不到落脚点
这种情感
涌动在我心间
没有一句恰当的语言
能倾注到笔端
久久的相聚
彼此都无言语

诺　言

——献给抗洪救灾的人民子弟兵

现在　天公不作美
黑云布满　闭上了双眼
落下泪水点点
让人也伤感
河水暴涨山体滑坡
对人民生命财产造成威胁

此时此刻
我们子弟兵冲锋上前
解救围困的群众
踩着泥泞的道路
一袋袋沙石从他们肩上飞过
筑起新的防洪长堤
水涨一尺堤增一丈
日夜坚守
发出"严防死守"的诺言
宁愿牺牲自己也要保卫人民安全
饿了啃一袋方便面
渴了喝一口凉水
困了就在阵地上合一下眼
这就是我们子弟兵
共和国钢铁防线

虽然没有炮火硝烟
与洪魔的决斗就如同与敌人展开歼灭战
把饿狼般的洪水拦住
不允许冲进人民家园
不允许侵害人民财产
人民子弟兵许下了这样的诺言

根

从生的那一刻
命运就注定
没有路给你
全靠自己钻和挤
不管是贫瘠的土地
还是岩缝里
坚强延伸着自己
把所得一切升华给
一束束花草
一棵棵参天大树
赞美鲜花的歌声从你身边飘过
流成长江大海
讴歌秋实的丰碑铸成了巍峨的群山
却没一个音符是属于你
但生命因你而崛起
这是永恒不灭的道理
活在深层也是最低层
不向任何人
诉说自己

后　记

　　我总觉得诗歌就像一位妙龄女子，天然就有美的姿色，给人美的享受；又像一杯清香四溢的茶，让人心神怡然。

　　诗歌之美，因素是多方面的，不是单一的。怎样的诗才算真正的美呢？首先，应该是句子句式之美，意境之美，真实之美。还有奇、妙、怪、趣、幽等，都会产生美感效果。

　　语言美是诗歌之美的基本要素之一，也就是诗语、诗句、节奏、韵律的美。要用最简练的语言表达最多的内容。诗要有诗味，有情怀，有内涵，有意境，还要有诗眼。一首诗歌要有一个明确的主题，不能东拼西凑、杂乱无章，可以指桑骂槐，但不必说东道西，表达的东西多了，也就琐碎了。也就是说要有精美练达的语言叙述。

　　诗歌也要接地气，这也是一种美的体现。地气其实就是这个时代火热的生活，诗歌只有介入进去，方有大气，方有生存空间。从《诗经》时代起，诗歌都是贴着大地贴着人民生长的。诗歌的胸怀就是大地的胸怀！比如我写的《走进长沙养老院》："这些人我都认识/原来都是些孤寡老人/刚进来的时候，个个/面目失色，衣着不洁/现在这些老人，体态轻盈/衣着整齐，脸上挂满着色彩/嘴里哼着小调/看得出，他们过得很好/这些老人，没有多少文化/脑海里没有文字和语法/他们叙述的方式，对社会/只有写在脸上的微笑，和/翘起的大拇指。"这就有了火热的生活。

　　乡土诗，可因时而作，但用词也应乡土化，农村有很多"冒傻气"的土词，用得好则灵气。比如，我的《我看见农夫微笑的双脸》："回首2005年/没有看见农民阴沉的双脸/农业税减免/肩上的负荷卸下了很多很多/撒在土地上的种子/回收的果子，沉沉

甸甸/堆满了粮仓，渗透了心田/退耕还林/已让荒芜的土地绿荫连片/山顶上新修的手机塔/将乡村与外面紧紧相连/盘曲的公路进村入院/栋栋新建的楼房辉煌灿烂。"类似这样写，脚一下就踏到地上了。写出独特的感受，写出属于乡村的细节，诗味就出来了。

我爱读我身边诗人的作品，时间长了我发现每位诗人都有自己的诗歌写作风格。每个人写的诗是不同的，写同题诗，有一百位诗人写，写出的诗也肯定有所不同，诗意和诗眼不一样，表达方式也不一样。诗歌要写出自己的味道，不能去模仿别人，要有自己的风格、品位。有人说，诗人就是不好好说话，像疯子一样胡言乱语。其实不然，我们的一切都来源于诗。诗歌有一种朦胧美，用嘴说不出来的，可以用诗歌来表达。萝卜白菜，各有所爱，就好比衣服，有人喜欢黑色系，有人爱穿花哨的，有人就钟意某个大牌，而有的人则很随意，看起来好看就行，哪管它款式和色彩。写诗歌，每个人都有不同的喜好，视角不一样，风格不同。有人爱吃肉，甚至无肉不欢，而有的人偏偏就吃素，是素食主义者，追求健康，保持身材。写诗歌，没有特定的要求，随性也随意，不拘一格。

2017 年我的诗歌《守望》（组诗），被旬阳县文化馆选送参加陕西省文化厅举办的第三届农民工诗歌朗诵会，获得了成功。据参加人回来说，当时在场的观众都感动得流泪了。最近，我有幸见到县广播电视局卢主任，他说他用我描写留守儿童的诗歌制作了一个短片，没想到传播出去不到三天时间阅读量就过十万了。我想，我被生活中的故事感动而写诗，而我的诗歌又去感动别人，这是诗歌的力量，也是诗歌之美，以及它所传递的真情。

194

诗歌能陶冶人的情操，能感染人，能鼓舞人的志气，其最大的动力，就是诗歌之美带来的效应。愿我们的诗歌像花一样鲜艳，像梦一样美好，像青山绿水一样长流。

我爱诗，爱读诗、赏诗，更爱写诗。

我的诗并不怎么好，也不怎么完美，但有一点我敢肯定地说：诗所表现的是我真实的情感，以及对所处生活环境的记录和歌唱。

我很爱诗歌，从我将脑海里闪现的句子记录在石板上时起，我就与诗歌结下情缘，便开始了诗歌写作，并接二连三在省市报纸杂志上发表诗歌作品。

说句掏心窝的话，我的诗是我在生活中所经历的苦难，是在经历人生坎坷和痛苦之后的呐喊，也是对生活中所遇到的亲情、友情、善良发出的赞美和歌唱。我热爱生活，意气风发，虽现在身体不佳，但我会不畏艰难，不懈努力，提高自己的写作能力和技巧，把诗写得完美些，让自己满意，让读者认可。

因为写诗，我有了深度的人生感悟，明白了很多生存的哲理，也认识了很多可交的诗友。我因此获得了快乐，由此我得感谢诗歌，因为它让我感觉自己活得很幸福很满足，在一定意义上讲有了生存的价值。

在诗歌写作过程中，我得到了很多人的帮助和指导。如《安康日报》的朱定新、陈敏、李大斌、李小洛、梁真鹏、刘云等，以及诗友何在林、马志高、丰德勇、王贤雅、吴有臣、张先军、郑友仁、潘全耀、龚建华等。我特别感谢陕西省作协副主席张虹，旬阳县文联几任主席吴建华、杨常军、魏连新、郭华丽，旬阳县作协主席陈欣明、鲁延河、姜华等领导的关心和帮助。我都会铭记在心，终生难忘。我也要感谢我的家人，感谢他们对我的支持和爱护。这些年来我身体不好，爱妻承受着家庭生活重任，一方面要照顾我的生活，另一方面还要抓农业生产，非常辛苦，我常常为此一个人偷偷流泪，总觉欠妻子的太多太多，今生无以回报，只求有来生来世，我愿当牛做马，报答爱妻。女儿女婿孝顺听话，经常电话里过问我的身体健康情况和创作，时不时地买些营养品寄回来。儿子学习也比较认真。所有这一切都让我心里安慰。我更要感谢我所处的这大好时代，让我的生活有了保障，看病有了报销，孩子上学有了救助。中共十九大代表陈分新对我的生活创作都十分关心，给予了及时的帮助。所以，我的诗就直

入这些主题，对我处的时代和人民，进行了诗意的赞美和歌唱。

我的诗歌永远都是我生命中的小草，成不了树，更谈不上什么大树。但我坚信我的诗歌会绣绿我脚下的土地，并开花结果。

我的诗歌是我血脉里滴出的血泪，所以，它是鲜活的，沸腾的，有激情的。我不敢说我的诗歌如何完美无缺，至少，我敢言我的诗歌源于我生活的真实写照，赞美也好，歌唱也罢，生活的疼痛亦是……这些，都无虚伪的，完全是我生活血脉里流淌出的辛酸血泪，以及喜悦。

出诗集是我多年的一个梦，但因各种原因未能实现。这次能够公开出版，首先，要感谢棕溪镇政府屈轩镇长，是他尽全力支持和帮助。当然，还有王能建书记，是他最早扶持我，还组织召开过我的作品研讨会。村支书陈分新也时时刻刻都不忘记帮助我。文友何在林一直无私地予我帮助，当闻知我要出诗集时，他献策又出力，对我助益很大。我在这里表示衷心感谢。

感谢生活，感谢诗歌，感谢生命中所有遇见的人。

柯长安

2020 年 5 月 20 日